HIPÓTESIS, TEORÍA, LEY

Shirley Duke

Rourke Educational Media
rourkeeducationalmedia.com

Scan for Related Titles and Teacher Resources

Actividades antes y después de la lectura

Nivel: **T** Número de palabras: **2,379**

palabra número 100: ***gravedad* página 5**

Antes de leer:

Aumentar el vocabulario académico usando conocimientos previos

Antes de leer un libro, es importante aprovechar lo que su hijo o los estudiantes ya saben sobre el tema. Esto les ayudará a desarrollar el vocabulario, aumentar la comprensión de la lectura y hacer conexiones a través del plan de estudios.

1. *Mira la portada del libro. ¿De qué tratará este libro?*
2. *¿Qué sabes sobre el tema?*
3. *Vamos a estudiar el contenido. ¿Sobre qué vas a aprender en los capítulos del libro?*
4. *¿Qué te gustaría saber acerca de este tema? ¿Crees que lo puedes aprender con este libro? ¿Por qué o por qué no?*
5. *Utiliza un diario de lectura para escribir acerca de tus conocimientos sobre el tema. Escribe lo que ya sabes del tema y lo que esperas aprender.*
6. *Lee el libro.*
7. *En tu diario de lectura, anota lo que has aprendido acerca del tema y tu reacción al libro.*
8. *Después de leer el libro, completa las actividades que aparecen a continuación.*

Vocabulario Área de contenido

Lee la lista. ¿Qué significan estas palabras?

controversia
datos
ecuación
hecho
hipótesis
inferencias
investigación científica
ley científica
lógica
método científico
modelo
paradigma
resultado
refutable
revisión por pares

Después de leer:

Actividades de comprensión y de extensión

Después de leer el libro, haga las siguientes preguntas a su hijo o a los estudiantes con el fin de evaluar el nivel de comprensión de la lectura y el dominio del contenido.

1. *¿Cuándo se aceptan finalmente los datos y el conocimiento obtenidos de los experimentos? (Resumir)*
2. *¿De qué manera la controversia ayuda aún más a la ciencia? (Preguntar)*
3. *¿Por qué se necesita la revisión por pares en la ciencia? (Analizar)*
4. *¿Cuál es el propósito de una hipótesis? (Resumir)*
5. *¿Cómo afectan los experimentos científicos nuestras vidas? (Texto de auto-conexión)*

Actividad de extensión

Observa tu salón de clases. ¿Qué hace que los estudiantes trabajen mejor? Crea tu propia afirmación o hipótesis: “si…, entonces…”, y compártela con un compañero/a de clase. Continúa desarrollando tu hipótesis, recopilando datos a través de experimentos. Registra tus experimentos y observaciones con exactitud. Escribe un informe sobre tus hallazgos y pide a tu compañero/a que realice el mismo experimento. ¿Obtuvieron los mismos resultados? ¿En qué se diferenciaron los dos experimentos?

Contenido

CAPÍTULO UNO

¿Qué es la investigación científica?

La mayoría de las personas probablemente han escuchado la historia sobre cómo Isaac Newton descubrió la ley de la gravedad cuando un día, mientras estaba sentado bajo un manzano, le cayó una manzana en la cabeza. Sin embargo, ¡eso no sucedió exactamente de esa manera!

La caída de la manzana hizo que Newton pensara acerca de por qué la manzana cayó en primer lugar. ¿Qué hizo que la manzana cayera al suelo? De pronto, una serie de preguntas surgieron. Mientras Newton contestaba sus propias preguntas, se percató de que una fuerza actuaba sobre la manzana. Esa fuerza era la gravedad.

Isaac Newton (1643–1727)

Newton llegó a la idea de la gravedad usando métodos similares a los que los científicos utilizan en la actualidad. La **investigación científica** es la manera en que los científicos estudian el mundo natural. A medida que exploran, desarrollan explicaciones basándose en lo que aprenden de su trabajo.

Los científicos exploran lo desconocido para entender su mundo a través de la investigación científica. Investigan, y proporcionan explicaciones de los resultados.

La mayoría de los nuevos descubrimientos no caen en el regazo de alguien, o en su cabeza. Los científicos siguen un proceso específico que les ayuda a hacer descubrimientos científicos. Los científicos observan y se hacen preguntas. Hacen una **hipótesis** basándose en lo que han visto y realizan experimentos para aprender más.

Con el tiempo, cuando muchos experimentos han mostrado los mismos resultados, este conjunto de conocimientos es aceptado. Ahora se trata de una teoría científica.

Una teoría científica se construye sobre capas de conocimiento y muchas pruebas. Un razonamiento sólido apoya los numerosos hechos. ¡No tiene nada que ver con una adivinanza!

La **ley científica** hace una proposición sobre una regla general. Una ley que sucede siempre y nunca varía. Las leyes científicas explican cosas. Sin embargo, no las describen. Una ley puede predecir qué sucederá, pero no explica el porqué.

La ciencia no puede probar las ideas en un 100 por ciento, sino que expone hechos de observaciones directas. Más adelante, pueden surgir nuevos hechos que cambien las leyes. Entonces, la nueva información se añade y la ley se ajusta.

Delinear los pasos para una investigación es otra parte de la investigación científica. Seguidamente, se recopila información y las ideas se ajustan a medida que continúa el trabajo. Los científicos registran la evidencia, miden y observan. Después, comunican lo que aprendieron.

La investigación científica lleva a cualquier científico, de cualquier edad, de las ideas simples a las ideas más complejas. Este proceso ayuda a formar un conjunto de conocimientos. Va de una hipótesis a una teoría y tal vez, incluso a una ley. Todo el que trabaja en el campo de las ciencias sigue el mismo proceso. Un proceso que es muy emocionante.

CAPÍTULO DOS

Del hecho al conocimiento

Se aprende sobre un **hecho** científico a través de la observación directa. Lo ves suceder o lo experimentas. Los pájaros vuelan. Eso es un hecho, ya que lo has visto con tus ojos. Sin embargo, cuando dices que el sol saldrá mañana, no has afirmado un hecho. Por supuesto, es muy probable que suceda, ¡pero de momento no lo has visto! Para predecir el comportamiento futuro, es útil tener en cuenta los informes sobre algo que está sucediendo o usar información del pasado. Sin embargo, la ciencia no considera esto como hechos.

Las observaciones repetidas conducen a una **inferencia**. Los informes de científicos o de historiadores respetables pueden ser muy útiles cuando hacemos inferencias. Algunas inferencias son conclusiones basadas en un razonamiento sólido a partir de ideas que actualmente son aceptadas. Otras provienen de observaciones repetidas.

Si dejaras rodar un coche de juguete por una rampa desde una línea de partida, los resultados te permitirán deducir lo que sucederá si se repite el proceso. Sin embargo, no va a ser un hecho hasta que realmente lo dejes rodar.

Una hipótesis es una idea que puedes probar para explicar algo que sucede. A menudo, una hipótesis te dirigirá a más hechos. Probar una hipótesis es importante. Una buena hipótesis está diseñada para ser probada. Sin embargo, puede surgir un problema si se añade un factor que no puede ser probado.

Hipótesis: El calor del Sol derretirá este hielo.

Una hipótesis incorrecta es tan útil como una correcta.

Una teoría proviene de un grupo de ideas parecidas que explican acontecimientos y se basan en hechos. Los científicos usan esta información para predecir observaciones futuras. La creación de una teoría se lleva a cabo después de un largo período de pruebas.

Gran parte de la ciencia se basa en teorías. La teoría de la gravedad nos enseña que no debemos caminar por el borde de un acantilado. Los astronautas vuelan al espacio y regresan basándose en la teoría de la gravedad.

La evidencia se encuentra en observaciones directas y en mediciones. Las teorías no son evidencias. Pero las evidencias sí apoyan a las teorías. Los científicos comprueban su trabajo preguntándose lo que saben y por qué lo saben.

Resultados: La hipótesis resultó ser correcta.

Un **paradigma** es un patrón típico de una forma de pensar. Si todos los científicos están mirando el mundo de la misma manera, partiendo de una suposición falsa, puede que no vean la verdad.

La teoría de la deriva continental

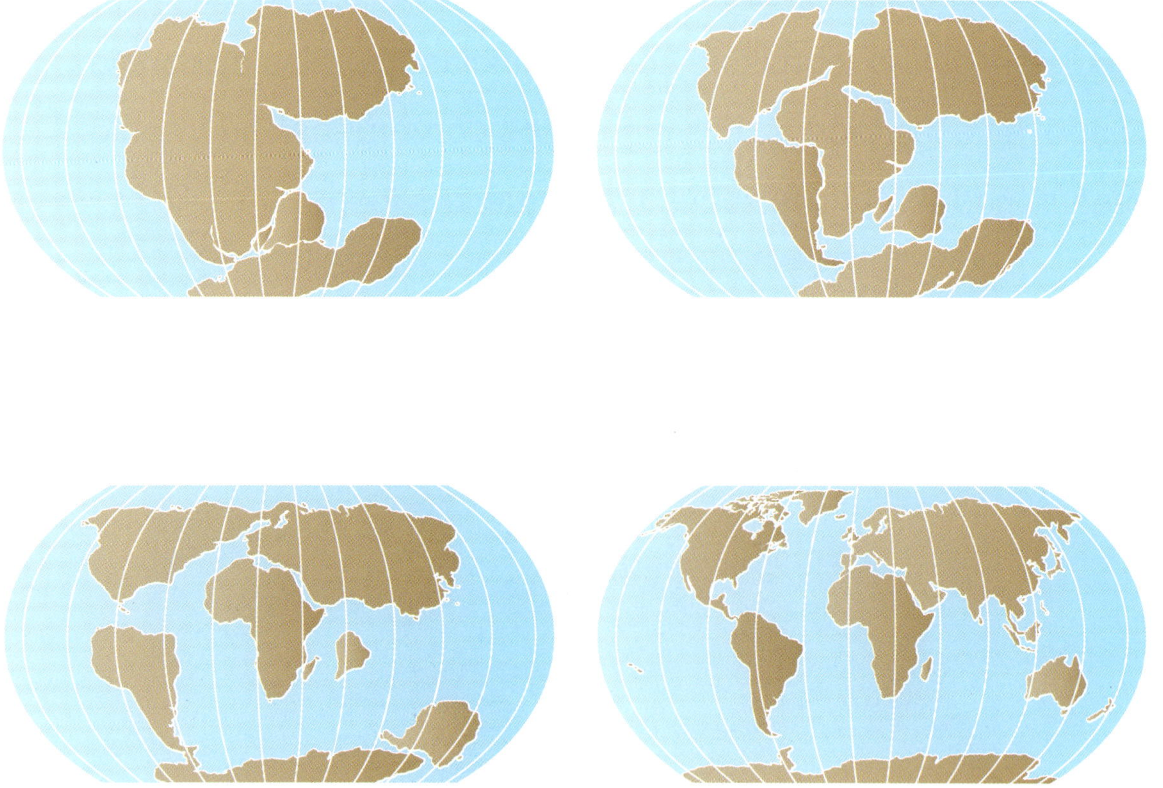

Por años, la gente creyó que la corteza de la Tierra no se movía. Más tarde, la gente pensó que era posible que los continentes se hubieran "desplazado", moviéndose a través de los océanos.

Cambiar un paradigma significa cambiar el enfoque de una idea. A menudo, los científicos no son conscientes de que están interpretando sus observaciones según un paradigma falso.

Sin embargo, al descubrirse nuevos **datos**, el conocimiento científico aumenta. Las buenas prácticas científicas apoyan el nuevo conocimiento.

La teoría de las placas tectónicas

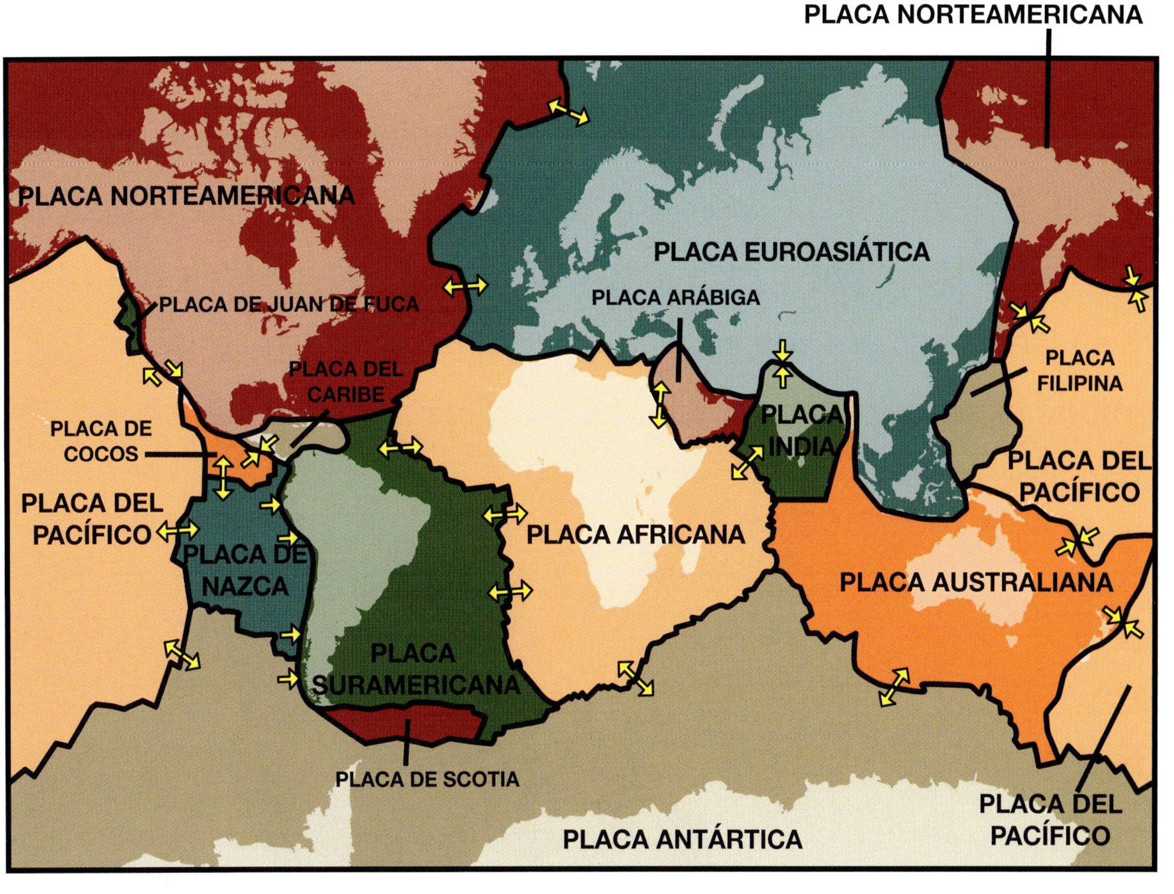

La teoría de las placas tectónicas ahora sugiere que grandes bloques de la corteza de la Tierra están en constante movimiento, impulsados por el calor en el interior del núcleo de la Tierra.

CAPÍTULO TRES

El desarrollo de una hipótesis

Muchos estudiantes aprenden la definición de una hipótesis en los primeros grados. A menudo se define como una conjetura bien fundamentada. Sin embargo, una hipótesis incluye mucha más información que una simple conjetura. Una hipótesis es una afirmación bien construida basada en la información. Los científicos diseñan pruebas para obtener más información o para probar si la afirmación está bien o mal.

Una hipótesis es un elemento básico que nos ayuda a adquirir nueva información. Los experimentos que se realizan basándose en una hipótesis pueden también conducir a más evidencia de algo ya conocido.

Un científico forma una hipótesis basándose en la experiencia y datos. El científico está bien informado sobre el tema. Las primeras y múltiples observaciones forman la base de una hipótesis.

Una buena hipótesis conduce al investigador a nuevos hechos sobre un tema. Recuerda, los hechos se componen de información que se ha observado. Se dan por ciertos. La hipótesis busca hechos, pero el **resultado** no se conoce hasta que el experimento termine. El investigador sabe qué resultados espera encontrar. Sin embargo, los resultados pueden ser muy diferentes a lo previsto. Pero eso no es malo, ya que de cualquier manera, el científico ha aprendido algo nuevo.

Una hipótesis debe ser **lógica**. Una hipótesis lógica se basa en un pensamiento válido y un razonamiento de calidad.

Una buena hipótesis puede ser también **refutable**. Esto significa que el texto está presentado de forma tal, que la hipótesis se puede también probar incorrecta si hay datos que así lo demuestren. Una hipótesis no contiene respuestas buenas ni malas. Solo existe la respuesta que viene de las evidencias.

Una hipótesis ilógica puede incluir una condición que no se puede probar. Una hipótesis que depende de la aparición de Bigfoot, no es una hipótesis lógica.

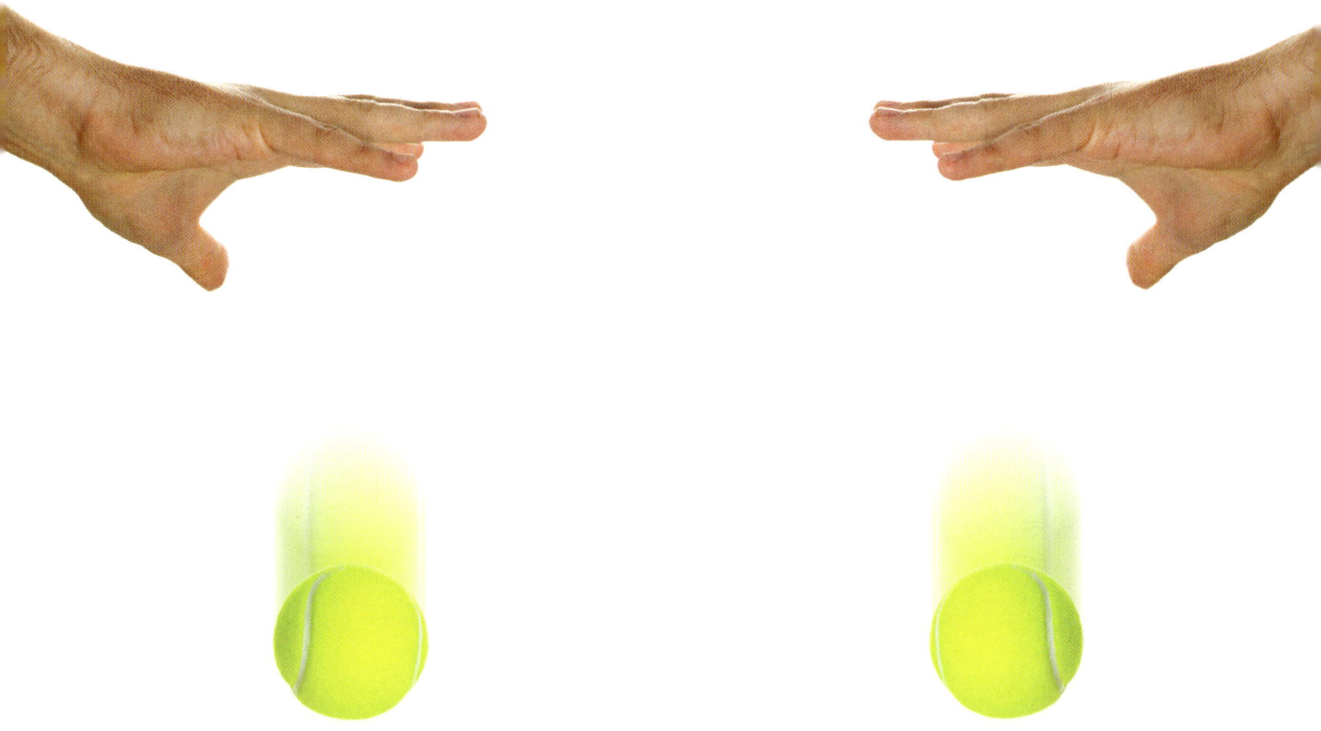

Hipótesis: La pelota rebotará más alto en la hierba que en la acera (o viceversa).

Acera Hierba

El científico prueba la idea planteada en la hipótesis. Esta prueba debe diseñarse como un experimento que dará un resultado. El investigador utilizará el conocimiento previo para diseñar el experimento.

Los investigadores deben aceptar los resultados de la prueba. Si los datos que surgen de la prueba van en contra de la hipótesis, no los pueden ignorar. Este método de “elegir a conveniencia” solo los resultados que apoyan la hipótesis no es verdadera ciencia.

Otros científicos también deben poder probar la hipótesis. Repiten pruebas en busca de errores y datos equivocados. Se trata de una **revisión por pares**.

Algunas revistas no publicarán el estudio de un científico hasta que no haya pasado por una revisión por pares.

Si otros científicos obtienen los mismos resultados en las pruebas repetidas, la información puede ser confirmada como verdadera. Si la prueba a menudo da diferentes resultados, la hipótesis debe modificarse. A medida que se conocen más y más hechos, la hipótesis puede apuntar a una teoría.

C A P Í T U L O   C U A T R O

¿Qué es una teoría?

Una teoría científica es una amplia explicación sobre el mundo natural respaldada por los hechos. Se presenta como un **modelo** o explicación. Los científicos usan observaciones, experimentos, y razonamientos para explicar su teoría. Su información ha sido probada y comprobada. Otros están de acuerdo con los resultados. Las teorías sirven como base para el conocimiento de la ciencia.

El estudio de los tornados

Paso 1: Observar

Paso 2: Experimentar

Una teoría incluye hechos que se pueden observar directamente. Se produce después de que muchas hipótesis han sido probadas y repetidas por otros. Los científicos usan información obtenida de muchas hipótesis para describir una teoría científica.

Paso 3: Repetir el experimento

Paso 4: Explicar

Los científicos pueden estar en desacuerdo sobre una teoría científica. Sin embargo, los hechos básicos no cambian. Están en desacuerdo sobre cómo esos datos se interpretan, y sobre su significado para la ciencia.

Flotabilidad

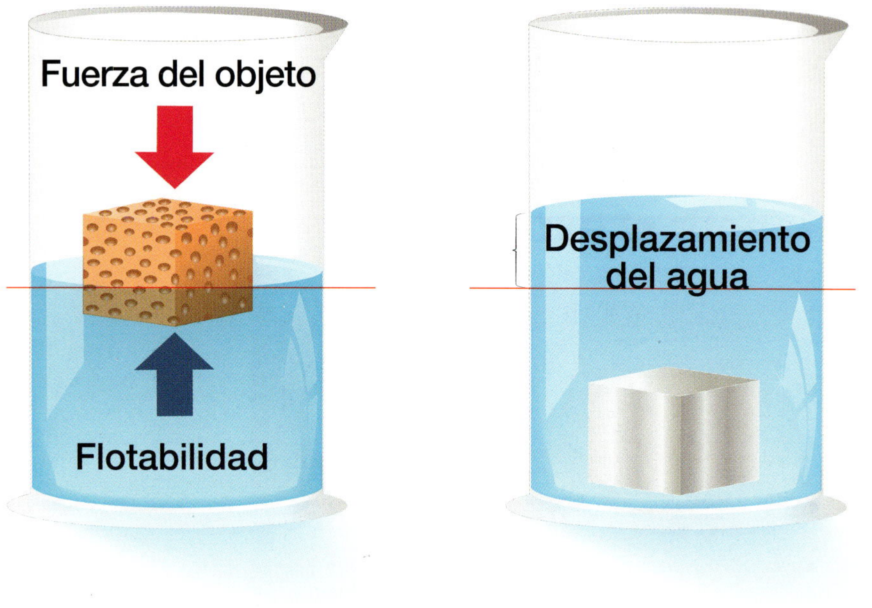

La flotabilidad es la capacidad de flotar o de hundirse. Si el peso del objeto es más ligero que la cantidad de agua desplazada, flotará, como la esponja. Si el objeto es más pesado que el agua que desplaza, se hundirá, como la pieza de metal.

Una teoría es aceptada como válida siempre y cuando no haya evidencia en su contra. Sin embargo, puede surgir nueva información. Al igual que las hipótesis, las teorías pueden ser descartadas si se descubren nuevos datos que van en contra de la idea. Por otro lado, las teorías pueden mejorar o cambiar si la nueva información las hace más precisas.

Las teorías aceptadas dan la mejor explicación de la ciencia observable. Han sido probadas, contienen múltiples tipos de evidencias y proveen explicaciones. Sin embargo, algunas teorías pueden tener algunos problemas. Puede que algunas piezas no encajen exactamente con las observaciones.

Los científicos estudian las piezas que no encajan. Ellos pueden descubrir una forma en que esa pieza apoye la teoría. O puede ser que sus investigaciones den lugar a una nueva teoría. Con el tiempo, las diferentes piezas van encajando.

Teoría de Gaia

La teoría de Gaia sugiere que la Tierra y sus factores vivientes y no vivientes evolucionaron y trabajaron juntos para mantener su equilibrio, incluso a través de condiciones cambiantes.

Las leyes de la **mecánica** de Isaac Newton fueron ampliamente aceptadas. La mecánica es la rama de las matemáticas que trabaja con las fuerzas y el movimiento causado por las fuerzas. Newton estableció tres leyes del movimiento. Estas leyes explican las fuerzas y el movimiento basándose en el conocimiento actual.

Las tres leyes del movimiento de Newton

Primera Ley: Un cuerpo en reposo tiende a permanecer en reposo y un cuerpo en movimiento permanecerá en movimiento a menos que otras fuerzas actúen sobre el mismo.

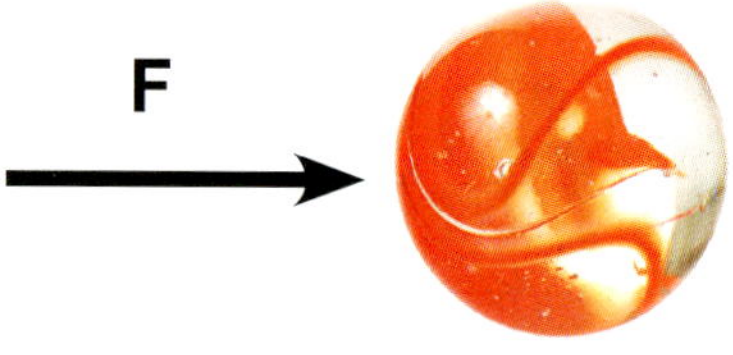

Segunda Ley: Fuerza = masa x aceleración (F = ma).

Tercera Ley: Por cada acción hay una reacción igual y opuesta.

Descubrimientos a través de los años

Siglo XIII

Robert Grosseteste desarrolla el marco para la experimentación científica.

Siglo XV

Leonardo da Vinci utiliza cuadernos para recopilar evidencia sobre el cuerpo, la óptica y el agua.

Siglo XVI

Copernicus establece el modelo en el que la Tierra y los planetas giran alrededor del Sol.

Siglo XVII

- *Johannes Kepler establece las leyes del movimiento planetario*
- *Galileo Galilei mejora el telescopio y estudia el Sol y los planetas.*
- *Isaac Newton explica sus leyes del movimiento.*

Siglo XVIII

- *Benjamín Franklin descubre que el rayo es eléctrico.*
- *Antoine Lavoisier descubre la ley de la conservación de la masa.*

Siglo XIX

- *Alessandro Volta define las propiedades de la química y la electricidad, y hace una batería.*
- *John Dalton define la teoría atómica, que establece que toda materia está hecha de átomos.*
- *Gregor Mendel explica las leyes de la herencia genética.*
- *Wilhelm Conrad Roentgen descubre los rayos X.*
- *George Ohm ofrece a los científicos las bases para comprender cómo controlar las cargas eléctricas.*

Siglo XX

- *Albert Einstein explica sus teorías de la relatividad.*
- *Jonas Salk crea la vacuna contra la polio.*
- *James D. Watson y Francis Crick identifican la estructura del ADN.*

Siglo XXI

Se elabora el mapa del genoma humano.

Más tarde, Albert Einstein predijo las diferencias en el movimiento con su teoría de la relatividad especial. El trabajo de Einstein demostró que las leyes de Newton eran correctas, pero cambiaban cuando la velocidad se acercaba a la velocidad de la luz. También demostró que la gravedad se descompone en campos de gravedad extremadamente fuertes, como alrededor de los agujeros negros.

La teoría de la relatividad especial de Einstein vinculó el espacio con el tiempo. El universo puede ser visto como si tuviera tres dimensiones espaciales (arriba/abajo, izquierda/derecha, hacia adelante/hacia atrás) y una dimensión de tiempo.

La teoría de Albert Einstein estableció que E = mc ^{2}*, la energía es igual a la masa multiplicada por la velocidad de la luz al cuadrado. Recibió el Premio Nobel por su trabajo en física en 1921.*

Los cambios en las teorías a veces provocan **controversia**. Los científicos discrepan sobre la interpretación de datos o qué ideas deben ser estudiadas más a fondo. Los resultados hacen avanzar a la ciencia.

La teoría de la evolución de Charles Darwin provocó una gran controversia. Las personas se indignaron con las ideas de su libro. Darwin afirmaba que la evolución tenía lugar a través de la selección natural. También explicaba cómo ancestros comunes dan lugar a especies diferentes. La gente creía que él estaba en contra de la Iglesia.

Charles Darwin (1809–1882)

Incluso hoy día, algunas personas no aceptan la teoría de la evolución de Darwin. Sin embargo, la teoría ofrece una fuerte idea científica que unifica todas las ideas de la biología.

La teoría de la evolución

De acuerdo con la teoría de la evolución, los seres humanos evolucionaron a partir de un animal parecido al simio, que vivió hace miles de años.

La teoría del Big Bang

Hace 13,8 mil millones de años

Big Bang o la Gran explosión.

Primeros segundos después del Big Bang

Nacen las partículas subatómicas, incluyendo los mesones, los neutrinos, y los quarks.

380.000 años después

Los electrones y los núcleos se combinan en átomos.

300 millones de años después

Comienza la formación de estrellas y galaxias.

9 mil millones de años más tarde

Se forma el sistema solar y la Tierra.

El universo estuvo una vez comprimido en un pequeño espacio hasta que comenzó una gran fuerza que causó que se expandiera. En la actualidad, el universo aún se sigue expandiendo.

Las teorías aceptadas son las que ofrecen las mejores explicaciones científicas sobre cómo funciona el mundo. Una teoría sólida ha sido probada y se apoya en múltiples conjuntos de evidencias. También ha sido útil para explicar el mundo natural y conduce a más exploraciones científicas.

Una teoría es más segura que una hipótesis. Sin embargo, no es tan definitiva como una ley científica.

El efecto Doppler

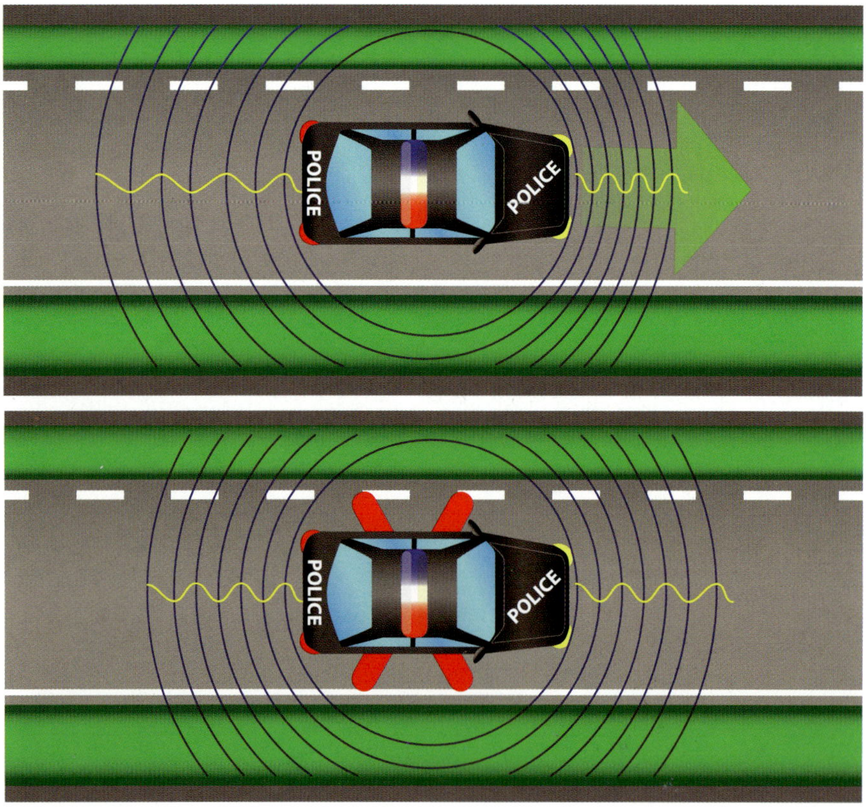

El efecto Doppler hace que los sonidos parezcan cambiar cuando la fuente del sonido o la persona que escucha se mueven. Las ondas sonoras delanteras se comprimen y mientras pasa el sonido, las ondas del sonido se propagan. La sirena de un coche de policía suena más fuerte cuando se está acercando (el sonido se acera) y suena más bajo, al pasar por tu lado (el sonido se aleja), por lo que hay un cambio en el tono del sonido.

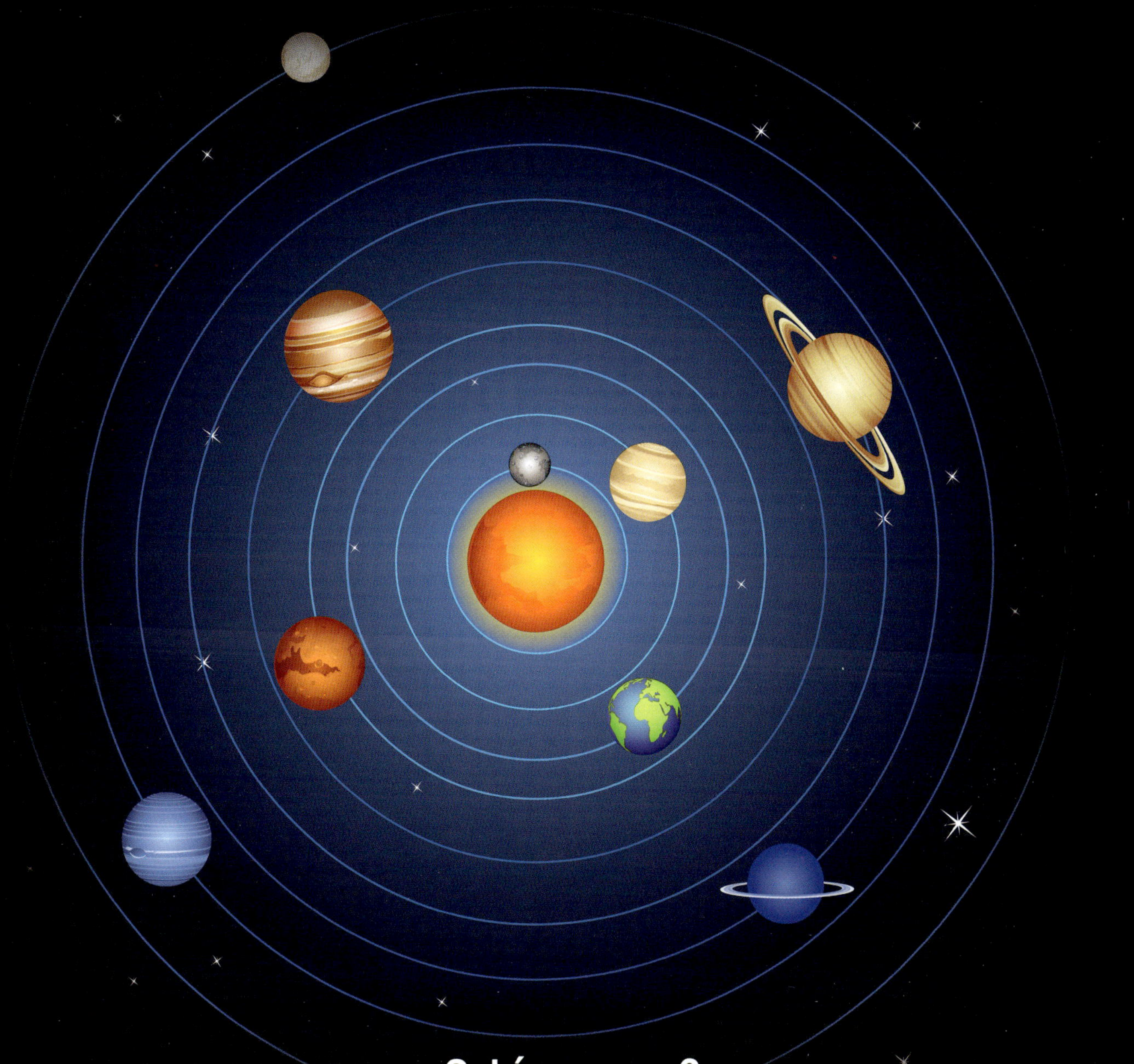

Nicolaus Copernicus
(1473–1543)

¿Sabías que...?

En 1514, Copérnico escribió sobre su idea de que el Sol era el centro del universo. Hasta entonces, la gente creía que el Sol y todo lo demás, orbitaban la Tierra. Aún así, esperó 39 años para publicar su idea. Se mantuvo en silencio porque sabía que su idea enojaría a la Iglesia. Convertir al Sol en el centro, hacía que la Tierra pareciera menos importante. El modelo heliocéntrico de Copérnico fue ridiculizado. Los científicos tardaron más de 50 años en aceptar sus ideas, como se observa en el diagrama anterior.

Capítulo cinco

Las leyes científicas

Una teoría explica las observaciones. En ocasiones, se convierte en una ley. Sin embargo, una teoría se sostiene por sí sola y explica cómo funciona la naturaleza.

Una ley científica, por otra parte, describe lo que la naturaleza hace en determinadas condiciones. Predice lo que ocurrirá si estas condiciones están presentes. Algunos científicos definen la ley científica con ecuaciones.

Existen más leyes en la física y en la química, que en la biología. Es más fácil relacionar la física y la química como expresiones matemáticas. Pero las ciencias de la vida no suelen encajar tan bien en una **ecuación** matemática.

Revisemos

Las leyes	tienen una hipótesis probada y comprobada.
	están apoyadas por grandes cantidades de datos.
	son aceptadas por la mayoría de los científicos en sus campos.
Las teorías	unen ideas relacionadas en un campo de la ciencia.
	se pueden probar incorrectas con nuevos datos.

Cuestionar las teorías y las leyes fortalece la ciencia. Conduce a una investigación más científica. Todos los científicos hacen preguntas. Cuando no se hallan excepciones a una teoría, ésta puede convertirse en una ley.

Las leyes son afirmaciones sobre principios. Siempre son verdaderas y no tienen excepciones conocidas. Las leyes científicas se basan en una gran cantidad de datos y observaciones.

La mayoría de los científicos trabajan y se cuestionan dentro de su propio campo. Un biólogo, por ejemplo, probablemente no tendrá tantos conocimientos de física como para criticar la teoría de la relatividad.

¿Sabías que...?

Gregor Mendel experimentó con plantas de guisante, cruzándolas para tener descendencia. Cambiando una característica a la vez, notó la repetición de patrones en las generaciones. Su trabajo dio lugar a las leyes hereditarias.

Gregor Mendel 1822–1884

La ley de la gravedad de Newton es un ejemplo de una ley. Esta ley puede predecir la gravedad. Sin embargo, no explica por qué existe la gravedad. La ley generaliza información, como saber que si una pelota o una manzana cae desde cierta altura, irá hacia abajo y no hacia arriba. Las personas confían en que van a permanecer firmemente sobre la Tierra y que no van a salir volando hacia el espacio con cada paso que dan.

Otro ejemplo de las leyes científicas son las leyes de Kepler sobre el movimiento planetario. Describen los movimientos de los planetas. Sin embargo, las leyes no ofrecen una explicación.

Las leyes científicas son menos comunes que las teorías. Mientras se va formando la ley, cada idea es explorada a través del **método científico.**

Las leyes del movimiento planetario de Kepler

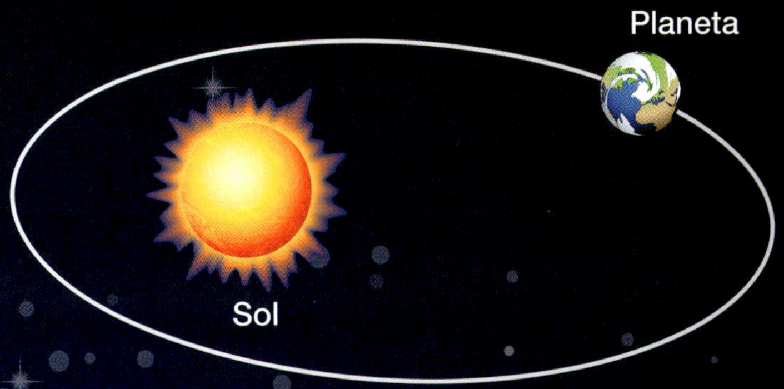

Primera ley *Los planetas se desplazan en una órbita elíptica, por lo que el Sol no está exactamente en el centro de un círculo, sino en un espacio dentro del óvalo.*

Segunda ley *La velocidad orbital de un planeta varía en relación a su posición con el Sol, aunque permanece en un patrón equilibrado.*

P = *tiempo para completar la órbita*
a =semieje mayor

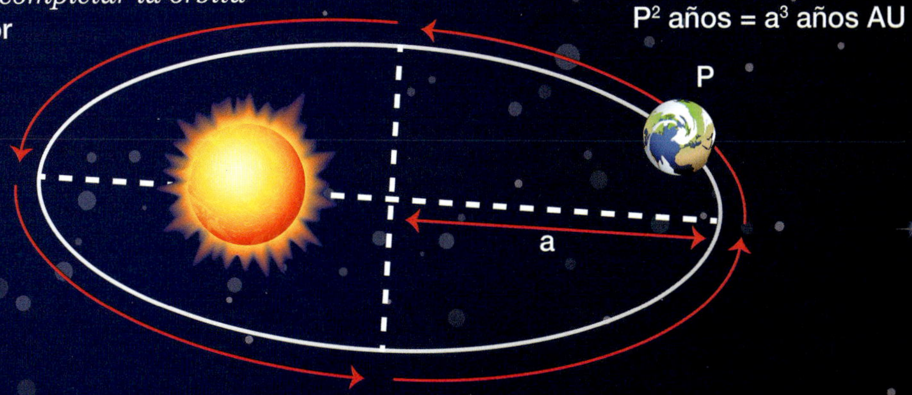

Tercera ley *El tiempo que tarda un planeta en dar una vuelta alrededor del Sol puede ser calculado para demostrar que cuánto más lejos está un planeta del Sol, más tiempo tarda en girar a su alrededor.*

CAPÍTULO SEIS

El método científico en acción

El método científico define los pasos que los científicos toman para explicar los eventos naturales del universo. Hace uso de un sistema lógico para estudiar, analizar y probar los descubrimientos. Sin embargo, la ciencia no siempre se lleva a cabo de forma clara y recta. La ciencia es apasionante, repetible, y se extiende en todas las direcciones.

El método científico

PROPÓSITO
Plantear el problema

INVESTIGACIÓN
Averiguar sobre el tema

HIPÓTESIS
Conjetura sobre el resultado esperado

EXPERIMENTAR
Desarrollar un procedimiento para probar la hipótesis

ANALIZAR
Registrar los resultados del experimento

CONCLUSIÓN
Comparar la hipótesis con la conclusión del experimento

Los científicos comienzan haciéndose una pregunta. Investigan todo lo que pueden acerca de su pregunta. Aprenden nueva información que los puede llevar a más preguntas. Si un científico tiene una pregunta que él o ella no puede responder, eso puede ser una buena pregunta para investigar a través de un experimento.

El siguiente paso es buscar patrones. Entonces los científicos forman una hipótesis para explicar una observación que han hecho repetidamente. Crean una prueba que les suministrará datos investigativos de calidad.

El análisis de los datos muestra los resultados. La conclusión expone lo que se descubrió. También refleja la exactitud de la hipótesis. La investigación y los resultados son aceptados y publicados. Ahora están disponibles para su revisión por pares.

La mayoría de los campos de la ciencia publican revistas profesionales como *Nature* o *American Scientific*. En estas revistas se publican las ideas nuevas y las investigaciones científicas. Los científicos pueden leer acerca de los hallazgos en su campo y ponerlos a prueba. Algunos científicos pueden interpretar los mismos datos de forma diferente. Aquellos que se oponen a la idea realizan sus propias pruebas para tratar de probar que la nueva idea no es correcta. A veces, los debates son feroces.

Una teoría que inició un fuerte debate trataba de explicar la extinción de los dinosaurios. La teoría del impacto de Álvarez afirmaba que un meteorito de 6 millas de ancho (9.66 kilómetros) chocó contra la Tierra hace 65 millones de años. Como consecuencia del golpe, los dinosaurios se extinguieron. Aunque esta teoría fue propuesta en 1979, tomó diez años para que la mayoría de los científicos estuviesen de acuerdo.

Luis Álvarez (1911–1988)
Walter Álvarez (1940–)

¿Sabías que…?

Cuando una idea y los datos resisten todos los debates, se convierte en una teoría. Puede ser que un poco más tarde cambie o sea rechazada si se producen nuevos datos. Una teoría está abierta a argumentos cuando surge nueva evidencia.

Las pocas teorías que resisten los debates se pueden convertir con el tiempo en leyes. La ley de la gravedad de Newton sobrevive en la actualidad, a pesar de que algunos ajustes vinieron de la teoría de Einstein.

El método científico tiene límites. Lo que ocurrió antes de la formación de la Tierra no puede ser estudiado mediante la observación. La ciencia explica cómo funciona algo, pero no su propósito. No dice por qué. No se puede conocer sin observaciones.

El universo está lleno de materia oscura. Los científicos no saben de qué está compuesta, a pesar de que conocen sobre su existencia desde hace 80 años. Los científicos que estudian las estrellas y el universo saben que es una gran parte del universo. La respuesta al misterio de la materia oscura puede estar a la vuelta de la esquina.

¡Prueba esto!

Escribe tu hipótesis para la Feria de Ciencias

1. Piensa qué tema de ciencia te gusta.

2. Elige de tres a cinco libros sobre ese tema.

3. Lee los libros y luego escoge una idea.

4. Delimita tu tema.

5. Hazte una pregunta sobre el tema.

6. Ahora escribe tu hipótesis:

   Dí lo que crees que sucederá si ______.

7. Comparte tu hipótesis con tu familia y tu maestro.

¡Ya es hora de experimentar!

Glosario

controversia: un desacuerdo prolongado entre dos lados de una idea

datos: recopilación de hechos o conjuntos de información observada y medida

ecuación: un enunciado matemático de igualdad

hecho: información probada y cierta

hipótesis: una explicación razonable o respuesta a una pregunta científica para ser probada y que se demostrará correcta o incorrecta

inferencias: conclusiones obtenidas después de considerar todos los hechos

la investigación científica: las múltiples formas en que los científicos estudian nuestro mundo

ley científica: una ecuación matemática o una afirmación que describe lo que hace la naturaleza en determinadas condiciones

lógica: razonamiento apropiado válido o proceso del pensamiento

método científico: el conjunto de pasos que los científicos usan para llevar a cabo un experimento

modelo: una representación de un conjunto de teorías complejas o hipótesis que muestra un estándar para comparar la información

paradigma: un patrón típico o forma de pensar

resultado: efecto y consecuencia de una acción o actividad

refutable: que se puede demostrar que es incorrecto

revisión por pares: una revisión profunda de una explicación o idea, realizada por otros igualmente capacitados en ese campo de trabajo

Índice

Sitios para visitar en la red

www.biology4kids.com/files/studies_scimethod.html
www.sciencekids.co.nz/projects/thescientificmethod.html
www.sciencebuddies.org/science-fair-projects/project_hypothesis.shtml

Sobre la autora

Durante sus años universitarios, Shirley Duke utilizó su conocimiento de hipótesis, teorías y leyes para investigar los gusanos planos, los gusanos del corazón, ardillas de tierra, y los mirlos. Parte de su trabajo de campo involucró llamar a los coyotes, y todavía puede llamarlos y conseguir que respondan en las montañas Jemez de Nuevo México. Es la autora de muchos libros de ciencias, pero como profesora de ciencias, revisó cientos de proyectos para las ferias de ciencias y ¡el método científico siempre ganaba!

¡Conoce a la autora!
www.meetREMauthors.com

www.rourkeeducationalmedia.com

PHOTO CREDITS: Cover and title page © Dimitris66, EtiAmmos; page 4 © Georgios kollidas; page 5 © pinstock; page 6, 8 © Neustockimages; page 7 © belchonock; page 9 © Peter Burnett; page 10 © Steve Byland; page 11 © Kuriputosu; page 12 © Steve Heap; page 14 © bortonia; page 15 © Proioxis; page 16 © Rich H. Legg; page 18 © Fuzz Martin; page 19 © Dizzy, Marje; page 20 © vgajic; page 21 © omgimages; page 22 © AP/Steven Hausler, AP/Nirmalendu Majumdar; page 23 © OperationsShooting, Lisa F. Young; page 24 © Desiguna; page 25 © LSkywalker; page 26 © Jordache; page 27 © The White House Historical Associaltion, LOC, Georgios Kollidas; page 29 © koya79; page 29 © LOC; page 30 © LOC, Man_Half-tube; page 31 © Alexandr Vasilyev; page 32 © Designua; page 33 © Vectomart; page 34 © Vikrom Raghuvanshi; page 36 © Alexei Crugicov; page 37 © Wellcome Library, London, oksana2010; page 39 © jut; page 41 © Leonardo Petrizi; page 43 © Johan Swanepoel, Berkeley Lab Archives; page 44 © jager

Edited by: Jill Sherman
Translated by: Dr. Arnhilda Badía
Cover and Interior design by: Tara Raymo

Library of Congress PCN Data

Hipótesis, teoría, ley/ Shirley Duke
(Exploremos las Ciencias)
ISBN 978-1-68342-105-4 (hard cover)
ISBN 978-1-68342-106-1 (soft cover)
ISBN 978-1-68342-107-8 (e-Book)
Library of Congress Control Number: 2016946732

Printed in the United States of America, North Mankato, Minnesota